# SCHBATZAWEISHEIT

MARTIN LANG

# Schbatzaweisheit

GEDICHTE IN DER MUNDART
DER RAUHEN ALB

DEUTSCHE VERLAGS-ANSTALT
STUTTGART

Einbandentwurf: Ottmar Frick und Waltraut Kirchhoff. Gesamtherstellung: Deutsche Verlags-Anstalt GmbH., Stuttgart.
Printed in Germany. ISBN 3 421 01238 5

# Inhalt

## Schbatza

Wenns au ganze Gscheidla geit,
Älles ka' ma-n-et vermeida:
Wer de Henna Fuader schtrait,
Muaß au d Schbatza leida.

## Schbatzaweisheit

Em Behnelada ontram Dach
Sitzt älls a-n-alter Schbatz ganz gmach.
Sei' Feadrawammes vola Mosa
Grad wie a Luftballo' ufblosa,
So hockt er do, pfeift, guckt de Kender
Beim Gschempfla zua ond macht Kolender.

Zmol fluigt uf d Oatlatt von o'gefähr
A lausegs Schwälble zua-n-am her.
No', d Schwalba send halt eitle Fratza
Ond nia guat Froi'd gwea mit de Schbatza,
So fangt au dui glei z schtichlet a':
Wa hockescht du so broit do na'?
Du Latsche du, du fauler Knoch,
De pfeifscht schei'ts us am letzschta Loch?
Gang no' voll druf, dätscht mi net daula,
Vo' mir aus ka'scht noh' hei't verfaula.
Ond wie de aussiehscht, liabschte Zeit,
Als häb ma de en Dreck nei'kheit.
Do, guckscht mi a', descht halt a Schtaat,
Mei' Fräckle glitzt ond gleißt akrat

Als häb mas gwichst so blank ond nett,
Gelt, wem-ma so en Kittel hätt!

Mir Schwalba send halt noble Vögel.
Mit eisre Flügel wia mit Segel
Hui, gohts dur d Luft, bald nauf, bald na,
Ond aischt ens Nescht, hots ächta gschla.
Em Sonnaschei' da ganza Dag,
A sottegs Leaba hot en Schlag.
Ihr aber, wäger, s ischt a Schand
Schier für da ganza Vogelschtand,
Em Schtaub romwahla, reacht gragehla
Ond ander Leut ihr Neschter schteahla,
Des könnet er, ihr Lombapack.
Des däscht woll haira, du Schlawack.
Ui sott ma henka, sell wär guat
Für so a knitza Galgabruat.

Soo, henka sott ma eis, a'ha',
Fangt jetzt mei' Schbatza-Ähne a',
Du, mit am Maul bischt vorna dra'.
Des lauft da ganza Dag wia gschmiart
Ond aischt derzua so o'scheniart.

Wat Alta, wian-n-is dir gauh schtopf.
Di pack e an deim schwaza Schopf,
Bacht no', i laß der d Auhra schtauh',
Wenn d maula witt, no ka'scht glei hau'.
Dir wead ma s Schtichla schau' vertloida.
I duar dr für dei' elends Gschwätz.
Jetzt halt no' d Gosch, so'scht goht drs lätz.
Des wär fürs aischt!
Ond jetzt zom zwoita,
Sell mit am Schtaub ond Schtroßadreck:
Do sag e nix als: Gang mr weg!
O domma Jongfer, meiner Sex,
Do sieht ma, de verstohscht halt nix.
I sag dr, so a Zeitvertreib,
Der macht oim warm ond schtärkt da Leib,
Em Schtaub romwahla, ond s Gragehla
Zoigt, mir hänt halt noh gsonde Kehla.
Wa, uier Gschnäder, do gohts her,
Wia wenns a Head Wäschweiber wär.
Ond no, was soll des Zuig do nutza,
Do en dr Luft so romvagiera
Ond Gaigala macha? Au koin Butza!
Do däscht et so a Gchroi verführa.
Witt Mucka fanga, dürrer Tropf?
Narr, Mucka hoscht schau' gnuag em Kopf!

Ond Schnoga, descht doch nix Baschtants,
Do friß e liaber, däsch mers glauba,
En Viarleng Kiescha oder Trauba,
Dia laufet d Gurgel na mit Glanz.
Au Raupa send a gschmacka Koscht,
Do woischt au, was de gfressa hoscht.

Ond jetzt zom Schluß, sell ka' dr sa,
Dir ghairt bloß reacht der Grend verschla.
Wenn d au ufs Schbatzavolk so schempfscht
Ond d Na's nufzuihscht ond s Maul vol
nemmscht,
Des send halt Schbrüch – s wär guat drfür,
Dätsch kehra vor der oigna Dür:
Dei' oiges Nescht, du dommer Scheck,
Ischt rompf ond schtompf us Schtroßadreck.

# Der Mausjakob

Da Mausjakob vo' Echterdenga
Siehscht iamol uf-am Feld romschbrenga.
Kotz Heidasack, dear macht dr Sacha,
I sag dr, do verknellscht vor Lacha.
Do gohts em hella Surras hear,
Koi' Schnauzer maust so scharf wia dear.

Kaum also, daß er oina sieht,
No hopst er au schau' – Donder Sachsa,
Was macht dear Kerle doch für Haxa,
Grad wie a Pfauskrott glei druf nei',
No schnufflet er ens Mausloch nei',
Zuiht us am Schtiefelrauhr a Wied,
Ond wuahlet no, ma sotts et glauba,
Wia so a Werra mit de Dauba.
So, denkt er no, so jetzt kommt s Bescht,
Ond hot-da! langet er nei' ens Nescht
Ond zuiht dr, au s ischt et zom Saga,
Dia Mäus älls raus ond packts am Kraga,
Ond mit seim Wiedle Schtück für Schtück
Schlät ers ananderno ens Gnick.

No bend ers vier ond vier zo Kränzla
Wia Räteg zsema an de Schwänzla,
Dia Schwänzla send so gschickt derfür,
Hängts an sei' Wied, ond vola Gier
Rumort glei druf der Schendersknoch
Älls dapfert em a-n-andra Loch.
Jetzt hot er so em Nomittag
A Dutzed druia beianand,
No gohts zum Burgamoischter Brand,
Ond jetzt hots aischt da reachta Schlag,
Er holt sein Lauh' ond schuibt a-n-ei'
Ond no gohts schtracks ens Rößle nei'.

Do lauft amol der Pfarr schbaziera
Em Obeds om a Fei'fa rom
Ond sieht en au so romhandiera:
Der Jockel! denkt er, do gohscht nom.
Der Pfarr ischt gar a gmoiner Ma',
Der mit de Baura schwätza ka',
Des leit jo jedam Pfarr em Bluat.
Gn-Obed, Jockel, fangt er a',
Wia gohts, wie schtohts? Lauft d Arbet guat?
Mei' Jockel schmonzlet älls ond sait,
Do käm er grad zor reachta Zeit.

Er langt en Hosasack, der Lauser,
Ond zuiht zwua fette Wuahlmäus auser
Ond zoigts em Pfarr: s ischt grad a Bärle.
Isch et so, send zwee' saubre Kerle.
Des do, deschts Ma'le, des hot Raß,
Däm macht sei' Gschäft en Heidaschbaß.
Ond s Weible do, descht au et lätz,
Do gucket Se, s ischt aischt a netts.
Er setzt se en a Mausloch nei'
Ond geit en glei sein Seaga drei':
Soo, sait er, wia-n-er zuabitschiert,
Dia wäret zsämakubeliert,
Daß om da Schbätleng, wenns guat goht,
En reachta Schocha Jonge hot.

Mei' Pfarr der ischt schau' ganz perplex.
Ka' sei', der Jockel hot en Schbarra,
Ka' sei', er hot en halt für Narra.
Ja, blatzt er schliaßlech raus, mei' Sex,
Was machet Sia denn do für Gschichta?
Ma soll des Ziefer doch vernichta,
Ond Sia, Sia dents jo förmlich züchta!

Do lacht mei' Mausjakob: Ha Narr,
Dät i et jedes Johr, Herr Pfarr,
Für Nozucht sorga e-meim Gai,
No wär mei' Gschäft schau lang nix maih.

## Visedazeo'

So en der Woch om Pfengschta rom
Schreibt der Dekan noch Schopfla nom,
Am Freiteg well mer visediera.
Do hoißts da-n-alta Karra schmiera!
Ond richteg kommt der fleißeg Ma'
Schau' mit der Boscht em Siebena a'.

Ens Onterkläßle zua de Kleine
Do goht er desmol zaischta eine.
S lauft älles guat von A'fang a'
Ond jetzt käm bloß noh s Rechna dra'.
Der Schbezial, wenns wissa witt,
Duat gern a bißle selber mit.
Seht, Kinder, hebt er a', ich ging
Am Fluß spazieren. Eben fing
Ein Fischer Krebse, und von diesen
Da wollt ich gern ein paar genießen.
Nun kostet einer sieben Pfennig.
Wieviel müßt ich bezahlen, wenn ich
Ein Dutzend kaufen wollte? – Ei,
Do hätt er denkt, jetzt fahret glei

Die Händla nauf so oi's-zwoi-drui.
Jo, Mulle, s goht et so em Hui,
Noi, wäger, s zoigt se au et oi's.
Von dänne Kender hot noh koi's
En Krebsa kauft, no nia koin gsea:
Jo, wärets Laugawecka gwea,
Zwoi Schtuck om fei'f, beim Bäcka dänna,
No hätts a jedes laisa könna.

Der Schbezial goht auf ond a:
Ei, ei, was wead er do au sa?
Er hot s Notizbuach ontram Arm –
Em Lehrer wids a bißle warm.
Zmol schtreckt a gschtompets Dengerle
Ganz henta nauf sei Fengerle.
Das laß ich mir gefallen, sait
Der Herr Dekan, du machst mir Freud,
Jetzt laß mich nur auch richtig wissen,
Wieviel du hättst bezahlen müssen?
Do sait der Schbitzbua: I hätt halt
En jeda Krebsa oi'zeacht zahlt.

## S Teschtament

Der Michele von Boimerschtett,
Der fährt ens Schtädtle nei',
Er hot en baisa Schnaufer khet
Ond d Schwendsucht obadrei'.

Drom denkt er, wärs gauh an der Zeit,
Er mach sei' Teschtament,
Zom Schterba häb er nemme zweit,
Ond s wud gauh zschbät am End.

No', s braucht et lang, no schtoht er schau'
Em Schtüble beim Notar,
Der hot en froi'dlech sitza lau'
Ond brengt a Veschber gar.

No frogt ern, wia-n-er hoißa där,
Wias gang, wia alt er sei,
Au ob er Weib ond Kender häb,
Kurzom, da ganza Brei.

Derweil nodiert er älles uf
Der Roih no ond ganz gnau.
Jetzt briecht er bloß noh, sait er druf,
Da Nama von der Frau.

Der Michel denkt: isch des jetzt domm,
Ond bsennt se wia et gscheit,
An älle Nama kommt er rom,
Mos z Boimerschtetta geit.

Kotz Herrschaft, fluacht er, Sapperment!
Descht schau' vermaledeit:
I hau', seit daß mer gheiret send,
Halt Alta zua-n-er gsait.

## Michel

'S Bäuerle hot sei' Leaba lang
Grackeret ond darbet.
Wias no goht zom letzschta Gang,
S Schterba macht am Arbet.

Sitzt der Pfarr ans Bäuerles Bett:
Wärs gauh überschtanda,
En der ebiga Seligkeit
Sei noh a Ruah vorhanda.

O Herr Pfarr, hots Bäuerle gsait,
Do ischt ghopst wia gschbronga:
S wead der nämlich Lebdag sei',
Dudelet ond gsonga.

Michel, hoißts da ganza Dag,
Ka' mi et verwehra:
Michel, do schiab d Wolka fut!
Michel, butz au d Schtera!

Michel, laß au s Sonnele raus!
Henk da Mau' an Nagel!
Michel, laß da Donner laus!
Michel, räad da Hagel!

Noi', Herr Pfarr, do trau i et,
Ruah geits et do hoba:
Liaber e-meim Hemelbett
As em Hemel doba.

## Der Bauer ond sei' Säule

Als alter Geizkrag ischt bekannt
Der Schneckabaur von Hausa.
Ma sait, er häb sei' Katz verkauft
Ond där jetzt selber mausa.

Der kommt zom Pfarr ond buit am a'
A jonga Sau, a dicka,
Er häb se bloß et mitbrocht glei,
Er där se noche schicka.

Der Pfarr nemmt a' mit Dank des Gschenk,
Sell ka' ma se jo denka,
Er hot en graußa Haushalt khet,
Do braucht ma Wuuscht ond Schenka.

Koi' Bauer aber ond koi' Sau
Lot se beim Pfarr maih blicka,
Ond Schand ond Ehrahalber ka'
Ma-n-au et ommeschicka.

Jetzt d Wocha druf do duat der Pfarr
Dem Bäuerle abassa,
Er schtellt a glei: Wo hänt Se denn,
Nochber, mei' Säule glassa?

Mei' Frau, die hot se währle gfreut,
Jetzt gäbs a Feschttagsessa.
Nix isch, Sie hänts jo gar net brocht,
Sie hänts am End vergessa? –

Do bitt e om Entschuldigong,
Jetzt kriaget no' koin Zoara,
Vergessa hau-n-i s Säule et,
Bloß gsond isch wieder woara.

## Der Butter

A Bäure schickt ihr Mädale,
A klei's, ens Pfarrhaus na',
Des kommt ganz brav ond meldet se
Beim Pfarr zom Nachtmohl a'.

Der Pfarr hot grad da Hexaschuß,
Der plogt a-n-arg, dea Ma',
Des ischt a-n-übler Wochaschluß,
Drom fangt er z bruddla-n-a':

Er häb schau' oft en guatam gsait,
Ma schickt et Kinder her –
Ond erscht noh vollends Schtondaleut,
Wer nemmt se do a Lehr?

Sag no' der Mutter, s darf net sei'.
Des nemmt d Frau Pfarr en acht:
Johannes, schreit se friedlech rei',
Se hat en Butter bracht.

Do lacht der Pfarr ond denkt: die Buß
Ischt wirklich net so schlecht –
No sagscht er halt en schöna Gruß,
Der Mutter, onds sei recht.

## S Loischtle

Hannes, sait der Pfarr, s ischt arg,
Wie Ihr hauset mitanand,
Du ond d Kätter, s ischt a Schand.
Solls so futgauh bis zom Sarg?
Ischt des au a Zeitvertreib
Für zwoi Chrischtaleut,
Wenn a Schuschter noch seim Weib
Mit de Loischta keit!

O Herr Pfarr, s ischt et so schlemm,
Lacht der Hans us volem Hals.
Oin Gschbaß geits jo jedafalls,
Bald e so mei' Loischtle nemm:
Wenn se oi's en d Rippa kriagt,
Descht a Freud für mi,
Omkaihrt, wenns derneabet fluigt,
No hot sui s Bläsie.

## Reita

Schneiderhannes, därf e reita?
Frogt em Pfarr sei' Bua.
No' der ka' da Märte leida
Ond er lot ams zua.
Der hot glei en A'schbrong gnomma,
S langet aber et.
Moi'scht, er wär en Sattel komma?
Oms Verrecka-n-et.

Herrschaft, hot der Hannes gschriea.
Märte, ka'scht et landa?
Hopla, gelt, do goht ders wia
Sellam Komedianta.
Der hot gsait: S ischt et so schwer,
Do ischt nix derbei,
Wenn e no' schau' doba wär,
Honta wär e glei.

## Der Laubfrosch

Der Vadder fangt, geit des en Gschbaß,
En Laubfrosch en de Bohna,
Ma duat en en-a Ei'machglas
Ond riecht ams zom Drenwohna.
Do hockt er jetzt, der Baddascher,
Ond lot se reacht begucka,
De ganz Famile schbrengt derher
Ond lauft ond fangt am Mucka.

Herrje, dea Omtrieb kö't a Frosch,
Der graischt, schier nemme herra,
Dia Fluiga laufet am en d Gosch,
Er däf se no' aufschberra.
Koi' Wonder, wid der Kerle fett
Vo' lauter Zuignei'schtopfa,
Ond frißt er et, no gilts au et,
Er ka' schier nemme hopsa.

Mi hätt en däm Fall s Bauchwaih packt,
Der hot en guata Maga,
Hei't hot er gar a Floischmuck gschluckt,
A Denge et zom saga.
Er hot noh woidle gmampft ond gschmatzt,
Ond hot noh maih verlanget:
Uf oi'mol ischt der Kerle blatzt,
Koin Au'zger hots maih glanget.

## A domma Schtell

Em Hülebaur seim Ochsakneacht
Send seine Ochsa nemme reacht,
Er mecht halt liaber Roßkneacht sei',
Do schlag a Donderwedder drei'!
So denkt er grad em Ochsaschtall,
Uf oi'mol duats en Dondersknall!
Der Bläß schtaußt nom, ond des et lend,
Em Jockel an sein dicka Grend.
Der hebt sein Kopf ond reibt a schnell:
Jetzt grad an so a domma Schtell!

## Hornviech

S isdıt em Naturgschichtsonterricht.
Der Lehrer frogt a-n-alte Gschicht:
Morom daß d Ochsa Hänner häbe?
Do sait der Bua vom Häfner Kehrer,
Des fährt em halt so raus em Diecht:
Weil sie ein Hornviech sind, Herr Lehrer.

## En guatam

A Herrle vom Brofesserschtand,
Brotfresser hoißets d Baura,
Lauft en de Wengert omanand
Ond hot da Weag verlaura.
Er woißt schier nemme aus ond ei'
Ond schtieflet über älles nei',
Wia wenn ers grad mit Fleiß där.

Des sieht a Gog et weit dervo'
Ond schempft und hebt a' z fluachet:
Du krommer Siach, was hoscht denn do
En meine Wengert z suachet?
Bacht Alterle, kommscht no' do ra,
Dir schla e sauber d Haxa-n-a,
No ka'scht hoi' uf de Schtomba.

Des Herrle fällt vor Schreck schier om,
Er fangt gauh' bald a' z flennet:
Er sei noh fremd do hoba rom,
Do sei er halt verännet.

Er zitteret ond schtotteret
Ond seine Hosa schlotteret,
Des muaß en Schtoi' verbarma.

Guat, denkt mei' Gog, däm pfengstalets,
Do däscht koin Hond maih hetza!
Uf dui Art ischt er et so lätz,
Ma ka' schau' mit am schwätza.
Er nemmt en Bries ond sait ällsgmach:
I hau' glei denkt, so sei dui Sach,
Drom sag es au en guatam.

3

## Der Woiza-n-au

Zwee' Goga fahret Schtuagert zua,
Der Pfausa-Gilgus ond sei' Bua.
Der Alt, der loihnet faul em Eck,
Dear Jong goht et vom Fe'schter weg.
Zmol send so schöne Friechta komma,
Dia hänt dea Buaba Wonder gnomma:
Au Vadder, sait er so dur d Zäh',
Do schtoht amol der Haber schö'.
Der Alt mit seiner Pfeif em Maul
Er geit nix zruck, do ischt er z faul.
So kärchlet se uf Schtuagert nei'.
Mos Obed wid, gohts wieder hoi'.
Jetzt send dia Friechta wieder do,
Em Alta kommts ananderno,
Er gucket naus ond bsieht ams gnau,
No sait er: Ond der Woiza-n-au.

## Wanns brennt

Z Tübenga bloset d Fuierwehr,
Glei schbrenget zwee' Brofesser hear.
S ischt vor am Haagdoar dussa gwea,
Do hot ma Rauch ond Fuier gsea,
Do hilft grad, wer no' helfa ka'.
Dr oi' schtoht phäb derneabet na':
Jetzt des verzennt en alta Goga,
Dear schtaußt en mit am Ehlaboga:
Was ischt do! Witt et helfa löscha?
Dir geit ma gauh' o'brennta Äscha!
No', oi' Red ischt de ander weat,
Drom hot des Herrle aufbegehrt:
Unglaublich, diese Leute hier,
Der Kerl sagt einfach Du zu mir!
Do lacht der Gog: Kotz Element!
Jetzt moi't dear, ma' sait Sia, wanns brennt.

## Em raa

Dr Mauza-Frieder ond sei' Jerg
Dia ganget uf da-n-Aischterberg.
Do schtoht a Wägale gottverlassa,
Des dät em Jergle grad so bassa,
Er hot ams glei em schtilla denkt:
Gschickt gfonda ischt so guat wia gschenkt,
Ond deutet mit am Domma nom.
Der Alt macht au da Kraga kromm,
Er blenzlet pfiffeg s Weagle na,
No sait er: Jergle, narr em raa.

## Gogabuaba

Wenn Gogabuaba Händel hänt,
Do hoißts glei Siach ond Tropf ond Grend,
I schla drs Kreuz a, Erdafetz:
Des ischt so s däglich Gogagschwätz.
De Alte könnets mit am Messer,
De Jonge mit am Maulwerk besser.
Gescht lauf e au dur d Gogerei,
No komm e am a Haus verbei,
Do hängt a Bua sei' Lubbel raus
Ond grillt so zo ma-n-andra naus
Wia so a Säule us am Gadder:
Wa du! Du hoscht jo gar koin Vadder!
Do schreit dr ander ganz schalu:
Narr mainder wedder denn daß du!

## Was ischt ein Chrischt?

Kompfermand hot koin Verschtand,
Hoißt a-n-alter Schbruch em Land.
So frogt dr Pfarr: Was ischt ein Chrischt?
Jetzt oiner der hots lätz verwischt,
Em Maurer-Franz sei' Hippolyt,
Der sait: Vier Schtanga-n-ond a Britt.

## A Datsach

A Gog hot ällaweil d Schur khet mit seim Weib.
Er schempft se hear, s bleibt koi' guats Fädale an-er.
Jetzt kommt amol der alt Dekan derzua,
Dear mahnt zom Frieda, ond er soll sei' Ehweib
Au halta wie a Chrischtamensch. – Wa Chrischtamensch!
Des hot se, geit er zruck. Narr, wam-mar dui
Vo' weitam sieht, no moi't mar, sei a Rendviech –
Ond wann de en d Näache kommscht, no isch a Datsach.

# Der Mo'

Der Mo' goht auf. A Vadder ond sei Büable
Send onterweags. Der Vadder rauchets Pfeifle,
Senniert so vor se ane, s ischt nix wichtegs.
Dem Büable aber schticht der Mo' en d Auga.
Er sieht a-n-aufgauh, wia en Luftballo'
Graußmächteg, rond ond hell, selt übram Wald,
Er hanget nei' en d Behm, ma kö't a fanga.
Des hot dea Buaba fürchteg Wonder gnomma.
Du Vadder, frogt er, morom goht der Mo' auf?
Ha, weil er eaba-n-aufgoht, sait der Vadder.
Dui Antwort hot däm Buaba gar et baßt,
Narr, sovill hot er von a selber gwißt.
Du Vadder, Vadder, fangt er wieder a'
Ond zopfet en am Rock, er hebt se dra':
Morom au goht er eaba-n-auf, der Mo'?
Ha, weil er eaba-n-aufgoht, sait der Vadder
Ond lot en Rauch us seiner Dubakspfeif,
Dui schtenkt, ma ka' se sieba Behm weit schmecka.
Des Bieschtle bsieht da Mo' a'. S wid schau' Nacht.
Dr Weag leit vola Schtoi', s ischt halt a Feldweag.
Uf oi'mol ischt er gschtolperet ond wär

Schier zwischam Alta seine Läuf nei'ghaglet.
Der tritt am bais uf d Füaß: Wia do, paß auf!
Du Dackel! Lauf doch ane! schempft der Alt.
Guck fische uf da Weag, noch siehscht dia Schtoi'.
Des Büable aber, wia so Bieschtla send,
Der muaß halt ällaweil wieder omme gucka
Ond reißt ans Vadders Rock: du Vadder! Vadder!
Der lauft der Na's no ond will nix maih wissa.
Jetzt wia des Büable aber gar et nolot
Ond ällrix wieder a'hebt: Vadder! Vadder!
No wid er falsch, der Alt: Kotz Donder, fluacht er,
Jetzt Kerle halt dei' Gosch ond laß me no'
Amol mit deim saudomma Vadder en Ruah!

## Hommermayonnäs

S ischt em Kaseno gwea beim Essa.
Dr General ischt au dogsessa,
Er hot heit Bsichtigeng aghalta.
No' also, s gschmeckt am reacht, em Alta,
Abade d Hommermayonnäs
Des frißt er na wia Kräuterkäs.
Vo' sellam will er nohmol hau'.
Jetzt muoß do grad der Hanserg schtauh',
De dümmscht von älle Ordananza,
De andre dänt a-n-oft kuranza.
Der soll ams brenga – waih, o waih!
Am Büffe hoißts: s geit koina maih.
Jetzt mia-n-ers melda will, der Jerg,
Do schtoht er wia der Ochs am Berg:
Exlenz, no' bäreg brengt ers raus,
Der Hombelmaierkäs ischt aus.

## Hornischt

Der Frieder ischt beim Militär,
A Schbielma', ond er hot Malär.
Er hot da-n-Arm beim Turna brocha
Ond muaß ens Lazareth fei'f Wocha.
Jetzt wia-n-er wieder hoil ischt gwea,
No hot a-n-au der Schtabsarzt bsea.
Der Arm sei gsond, so ischt sei' Red,
Ond ob er wieder trommla kö't.
Noi', sait der Frieder gar et blaid.
Der Schtabsarzt hot nix weiter gsait.
Jetzt mo-n-er s nähschtmol kommt, kotz Schtrohl,
Der Arm sei gsond, sait er nohmol,
Jetzt müaß er aber trommla könna.
Da Frieder duats zwee' Däg schau' brenna:
Noi', sait er, aber wia des ischt,
Herr Schtabsarzt, ich ben halt Hornischt.

## S Ärgscht uf der Welt

Wenn de dei Schatz verlot,
Ond mit ama-n-andra goht,
Wenn dr a Kuah vertlauft,
S Wiesale d Oier sauft,
Wenn dr a Gaul verreckt,
S Essa dr nemme gschmeckt,
S Zähwaih de plogt em Bett:
Sag, was da witt, i wett,
S Ärgscht ischt des et.
Aber, wenn d Kirbe ischt,
Ond grad koi' Mucker bischt,
D Musik ens Bruihaus ziat
Ond ma-n-amol vergniagt
Johla mecht, saufa mecht
Ond se oin kaufa mecht,
Ond hot em Bordmanne
Koi' gotzegs Märkle meh,
Sell ischt – o Lombageld,
S Ärgscht uf der Welt!

## Durmschbitzavergolder

Em Früahleng, em Früahleng
Do ischt de schö'scht Zeit,
Der Guggigäuch schreit,
Do ischt de schö'scht Zeit.
I lauf us am Flecka
Ond schneid mir en Schtecka,
Em Früahleng, em Früahleng,
Wenns nemme vill schneit.

Dia Wälder, dia Felder
Send älle schau' grea,
So weit ma ka' sea,
Ischt älles schau' grea.
S geit Plätzla zom Gruaba
Für Mädla-n-ond Buaba,
Dia Schtärla, dia Bärla
Se könnets so schö'.

I woiß mir a Schätzle
A nobels, a fei's,
Des Schätzle ghairt mei',

A nobels, a fei's.
Bei däm ischt guat liega,
Ond gragget dia Schtieaga,
No komm i halt schtempfeg,
No komm i halt leis.

O Schätzle, schiab no' et
Dei' Riegele fürre,
No komm i zua dir.
Was witt denn von mir?
Ha sell ischt gut wissa:
Komm laß de verkissa
Ond herza, verdrucka,
Mei' Däuble, mei' Zier.

Ond morgeds, aihs daget,
Do schei't mir der Mo'.
Ond auf ond dervo',
Do schei't mir der Mo'.
Was ischt denn dei' Holder?
Durmschbitzavergolder.
Schosseegraba-dabaziera
Ischt sei' Brofessio'.

## Gülio

I woiß et, was e saga soll,
Der Hemel ischt so blo,
Ond hentram Gata lockt der Goll,
Güliai gülioi gülio.

Ond Kender suachet Veigala
Ond Schtara send schau' do
Und machet ihre Gaigala,
Güliai gülioi gülio.

Des Schtubahocka duat et guat,
Koin Dag maih bleib e do,
Schatz, mach a Schträußle uf mein Huat,
Güliai gülioi gülio.

Ond en der Nacht, mei' lieber Schatz,
Send älle Katza gro,
Drom heul mer et, s ischt doch für d Katz,
Güliai gülioi gülio.

Die folgenden Prosastücke sind dem Altstuttgarter Volksmund frei nacherzählt. In vorliegender Fassung sind sie mein Eigentum.

## Der Büschalesma'

Büschala foil, kaufet au Büschala!
Büschala foil, kaufet au Büschala!
Büschala foil, kaufet au –

So, Sia sends, Frau Maier. Ja, grüaßgott. Jo freile. Jetzt des laß mer gfalla. Soso. Ond ällaweil gsond ond monter. Ha des freut me jetzt aber reacht.

Jo, schöne Büschala, Frau Maier. Schöne Büschala, des muaß ma sa, gschlachts Buacheholz, gsonds, vo' der Alb ra, vo' Treffelschbuach, jo.

Wißt Se, Frau Maier, s geit so en kalta Wenter. I schbürs en meiner ganza Klapperatur, durna. So da Reißmateis hau-n-e. Vo' dem Boyerwe'd, vo' dem kalta.

Jo was e sa will: en Ulm häba se Schnaigä's gsea, en ganza Flug über d Schtadt nei', schau' em Auguscht, jo. Ond d Räteg hänt so lange Schwänz khet huier. Mei' Kätter, wißt Se, mei' Jonga, mo mer Haus halta duat – mei' Weib isch jo gschtorba, s goht ens dritt Johr huier – also mei Kätter, dui hot oin rauszoga, en Räteg, der hot en Schwanz khet, soo lang wia mei' Arm, jo guat, ma hätt könna glauba, s wär a Diarle.

Jojo, des deutet uf en kalta Wenter. Jetzt wia vill Büschala däf e alada?

Fufzg Stuck? O wa, Frau Maier, do isch jo et derweat. Do isch et a'gfanga mit.

Soo, hondert, jetzt des laß mer aihner gfalla. So isch reacht. Jo, i will no a'heba-n-alada.

*Oi's, zwoia, druia, viera, fei'fa, sechsa, siebena, ächta, neuna, zehna, olfa . . .*

So, Frau Maier, gucket Se no' au wieder außer. Wißt Se, der Mensch muaß au a-n-A'schbroch hau'.

Mei' Schbitzerle? Noi', des hau-n-e nemme. Des ischt mer fändeg verreckt. S ischt onter so en Modohrwaga nakomma, jo. Dia fahret au wia der Deifel. Jo, s ischt a bravs Hondle gwea. S hot neamerd zo meine Gäul na'-glau', s tuat mer and noch-am.

Jetzt, was e sa will, Frau Maier: Sia send ällaweil so a guate Hausfrau gwea. Mo der Selig noh gleabt hot, er hots et verloba könna: abade da schwaza Kaffee hot er ällbot so globt, mo-n-er noch-am Essa kriagt hot.

Soso, Se machet noh oin, Frau Maier. Ha, jetzt dea muaß e aber au versuacha, schau' em Seliga zliab. So laß mers gfalla.

Jo, i will no gauh' weitermacha.

Mo be-n-e schtauh' blieba? Sechzeah, wem-mers reacht ischt.

*Sieberzehna, achtzehna, neu'zehna, zwanzga, oi'sazwanzga, zwoiazwanzga, druiazwanzga, vierazwanzga* . . . au', s tuats nemme.
So, Frau Maier, gucket Se wieder raus a bißle. I ka's bäreg präschtiera mit meim alta Rucka . . . Jo, wißt Se, s zuiht mer so romantisch s Kreuz ra. Ond ma wid eaba-n-au a'heba-n-alt.
Jo, descht wohr, do duat so a Kaffele noche guat. Descht äbbas gschmacks.
Jetzt, was e sa will, Frau Maier: also oi' Lob isch gwea, mo der Selig noh gleabt hot, oi' Lob. Wem-ma so ens Haus nei' komma-n-ischt, do ischt älles sauber gwea, d Schtiag gsa'dlet ond d Glasdür butzt ond so weiße Vorhängla dra', do hot nix gfehlt, descht a wahrer Schtaat gwea. Ond wem-ma no en Kuche komma-n-ischt, do hots ällig so guat gschmeckt aus der Schbeiskamer raus, wia so a Ligehrle.
Soso, Se hänt au noh dea Wacholderbeerschnaps? Jetzt des laß mer gfalla. Ha, do will e no so frei sei', zom schwaza Kaffee, jo.
S ischt reacht, Frau Maier, i will gauh' wieder alada. Jetzt, mo isch schtauh' blieba? Schätz om dreißga rom.
*Oi'sadreißga, zwoiadreißga, druiadreißga, vieradreißga, fei'fadreißga, sechsadreißga, siebenadreißga, ächtadreißga* . . .

So, Frau Maier. Do geits a Schtuck.

Jo, bleibet Se no' wieder a Weile do. Wißt Se, des sieht ma geara, so a Weibsbild am Fe'schter, so a feschta Poschtur, au Holz vor-am Haus. Jo, des muß oim gfalla. Des sag e laut.

Jetzt was e froga will: mo ischt denn au s Madele ane? Wißt Se, des klei', ihr Maul ischt ganga wie a Bachschtelzafiedla.

Soo, was? Schau' lang komfermiert? Ha jetzt descht aber! Ja i hau's iamol gsait: Aus Bibberla wäret Gä's ond aus Kendern werden Leite. Mo isch jetzt au ane, s Madele?

Soo? Dui ischt z Schtuagert beim Deana. Jetzt des laß mr gfalla.

Was? Seit Jakobe schau' em dritta? Ha, do hot ses aber pressant khet. Soo. Ha wa, dui jong War, ma moi't, se möge nemme schaffe. Ufs Land zo de Baura will schau' gar koina maih. Ond en der Schtadt hänt ses Grieß.

Ja, i komm gauh' bald uf Schtuagert na, no will e en Gruaß sa. Jetzt muaß e domm froga: mo isch no ane? Bei was für Leut deanet se, d Madel?

So, em Herdweg? Ha, do komm e au na'. Do hots noble Leut, des muß e sa. Schöne Häuser. Wißt Se, do isch früher zom Nills Diargata naufganga. Descht schö' gwea. So om a Fei'fa rom, do hänt äls dia Leba brüllet, aih ma's gfuadaret hot, dia hänt no anderscht dau' weder a paar Ochsa oder a Schtall vol Küah. S ischt aber schau' lang her. Also Herdweg 48. Descht guat bhalta.

Jo, i will gauh' weiter macha.

So, Herdweg 48 . . .

*Neunavierzga, fufzga, oi'safufzga, zwoiafufzga, druiafufzga, vierafufzga, fei'fafufzga, sechsafufzga, siebenafufzga, ächtafufzga, neunafufzga:* o dia Sechzga wellet au gar et komma. Der Deifel hots gsea.

Sodele, Frau Maier. Etz isch reacht. Ma muaß au ällamol wieder ausschnaufa. Au', der Reißmateis, der verreckt! Do muaß ma bläzga wie a-n-Alts, s ischt wohr.

Jetzt hau-n-e aber noh et noch em Ma'gale gfroget. Dea hau-n-e ällig uf mein Fuchsa glupft. Er hot ällamol wella reita. S ischt no' so a Schtomber gwea, so a kleiner, aber schbrenga hot er könna wie a Wiesale. Er hot mer amol mei' Goißel verschloift khet, no be-n-am noche, dem Blitz. O je!

So, bei de Soldata-n-isch er? Was, bei de Dragoner? I hau' mers glei denkt, der muaß oima na, mos Gäul hot. Er hots ällaweil mit de Gäul khet.

Soso, Gfreiter ischt er wora. Ha, no goht er schau' ens zwoit Johr. Soso. Der schlät em Alta no. Des dät a freua.

Ja, ond der Albert? Der schwaz?

Was? Hot er? Soso? Ha jetzt aber au, do sag e nix maih. Ei ei! Zwoi Johr Aufenthalt en Rottaburg. Daß er no' koine viereckete Auga kriagt, wenn er so dur d Gitterla gucket.

Ha, Se müaßt et heula, Frau Maier. Ischt er nei'-komma, kommt er au wieder raus. Wißt Se, äbbas muaß der Mensch hau'. Oder wia eiser Pfarr ällig gsait hot:

Vor jedem Hause leit ein Schtein,
Ob er nun groß sei oder klein.

Des muaß wohr sei'.

So, au noh en Prozeß hänt Se khet derweaga? O lätz, do schmeißt ma s Geld em Baisa noche. No' et griechtla! Descht bloß au, daß ma da-n-Affakata fuadaret. Wann i ällig Leut sieh, do schbrenget se en äller Herrgottsfrüah zom Affakata, no sag e: Jetzt schbrenget no' et! Do kommet er om Zehna, ond wanns Olfa ischt, ällaweil noh reacht. Ond wenn se seahnet, daß Geld do ischt, no' brenget se's no' zu koim End, d' Affakata. Dia ond a Wagarad brauche vill Schmiere. Drom sag e: no' et griechtla!

Jo, s ischt wohr. Jetzt aber kheia duat mes om da-n-Albert, des muaß e sa.

No welle mer halt wieder, Frau Maier. Arbeit macht das Leben sieß . . .

Jo, ond Faulheit schtärkt die Glieder. Aber wia isch au mit meine Büschala?

Richteg: mit de Sechzga hau-n-es khet.

*Neunasechzga, sieberzga, oi'sasieberzga, zwoiasieberzga, druiasieberzga, vierasieberzga, fei'fasieberzga, sechsasieberzga, siebenasieberzga, ächtasieberzga, neunasieberzga, achtzga . . .*

So, Frau Maier, jetzt hots bald.

Aber, was e noh hau' froga wella: was isch jetzt au mit em Bäbele? – Wißt Se, des klei' wusaleg Persö'le, mo ällaweil om Se rom gwea ischt – jo freile, Gschwätzwerk, was sag e; Nanele hots ghoißa. No' so a Wusale isch gwea, net domm grad, aber schtark oi'fälteg, jo. Nanele, hot ällig der Selig zua-n-er gsait, Nanele, was isch, wischt ällaweil kleiner, schätz woll, wächscht ontersche wie a Kuahschwanz. – O dia bitterbodabaise Mannsleut, hot se gscholta. Mit de Mannsleut, do isch drei' pfiffa. – Ha no', s geit onterschiedleche.

Ja, des Nanele.

Soo? Gschtorba-n-isch e. Ha, do duat mers aber reacht and noch er. Soso.

Ja, wia alt ischt se denn au woara?

O was? Vieraneu'zga! Ha do hots woll au ghoißa:

90 Jahr, der Kinder Schpott,
100 Jahre, Gnad bei Gott.

Ha jetzt descht aber au noh a-n-Alter, mo der Prediger sait: Ond wenn es hoch kommt, so ischt es Müh ond Arbeit gewesen.
Ja, s Nanele, uf des laß e nix komma, do hänt Se reacht, Frau Maier. Jetzt hau-n-e ällaweil denkt, se dät no mit es Kaffee trenka.
So, er ischt no glei feteg. Ha no will e aber voll dapfer macha.
Kotz, des Nanele, des hots aber lang trieba. An dera ihrem Daut ischt d Hebamm au et schuld. Jetzt des sag e nohmol. Vieraneu'zga!
*Fei'faneu'zga, sechsaneu'zga, siebenaneu'zga, ächtaneu'zga, neunaneu'zga, hondert.*
*Ond noh oi's drei'*, Frau Maier.
So, jetzt komme. I schmeck schau' da Kaffee.

# D Fuierwehr vo' Plattahardt

Ich – ben der Jakoble.

Ond mei' Graußvatter, der war der gscheitschte Ma' vo' ganz Plattahardt. Mei' Graußvatter.

Er war nämlich Burgermoischter.

Oines Dags hot er a-n-allgemeine Sitzeng a'beraumt. Oigahändich ischt er ufs Rothaus gloffa ond hots Glöckle zoga – no hot er net könna. Weil nämlich koi' Soil dra' ghangt ischt.

Des hot nämlich d Bolezei-Marie khet, zom Wäschaufhenken, oben.

No', mei' Graußvatter, der ischt a gscheiter Ma' gwea. Der hot sich nicht irritiera lau'. Oigahändich ischt er nom en d Schuier ond hot sein längschta Bierahoka gholt ond hots mit däm verschüttlet, s Glöckle. S hot au dau'.

Jetzt wia no die Burger ällsgmoch komma send, hot er folgende Red uf hochdeutsch, er war nämlich der gscheitschte Ma' vo' ganz Plattahardt, an se na'glau':

Burger! Die Ehre ... der Schtadt Plattenhardt ... schteht auf dem Schbiel. Ich – ben deshalb zur allgemeina A'sicht gelangt, daß mer dia zwecks Verschönerung der Haldea'laga bereits en Aussicht genommene Errichteng einer Ausgrubebank demnächscht vornehma solle, ond daß die von de bürgerliche Kollegie hiezua genehmigte Gelder . . .

Weiter ischt er et komma.

Zmol schbrengt schau' der Fuierreiter vo' Bolanda rei' ond schreit schau' donderschlächtich:

Fuirio! Fuirio! Z Bolanda brennts.

No', mei' Graußvatter, der war eine kontemplatierte Natur. Der hot sich nicht irritiera lau'.

Burger, hot er gsait, ich ben zur allgemeine A'sicht gelangt: mir müaßet dia Zairschte uf em Brandplatz sein!

Also ra vom Rothaus ond nom ans Fuierwehrschbritzalokäle – war das Werk oines Monuments.

Ond no hänt se da Schlüssel gnomma ond – no hänt se net könna. Weil er nämlich gar nicht vorhanden war. Den hot nämlich d Bolezei-Marie khet, samt em Rothausglockasoile, zom Wäschaufhenken, oben.

No', d Bolezei-Marie, dui hot se schliaßlech gfonda ond der Schlüssel au.

Ond no hänt se den Schlüssel gnomma ond hänt a nei'gschteckt – no hänt se nohmol net könna. Weil nämlich das Schlüsselloch mit Dreck verschtopft war von so Lausbuaba.

No', mei' Graußvatter, der ischt a gscheiter Ma' gwea.

Er ischt nämlich zur allgemeine A'sicht gelangt, daß man mit Zuhilfenahme oiner Hornodel den Dreck eventinell entfernen könne.
No, dui Hornodel hot se schliaßlech gfonda, dui hänt se der Bolezei-Marie aus em Nescht rauszoga – oben. Ond no hänt se den Dreck aus em Schlüsselloch rausgruablet ond hänt da Schlüssel gnomma ond hänt a ens Schlüsselloch nei'gschteckt ond romdreht ond nohmol romdreht ond d Fuierwehrschbritz rauszoga onds Schmied-Jakoba Gäul vorgschbannt ond em blanka Karree, Wa'teratärre, geh Bolanda nom.
Jetzt, wia se vor em Dorf gwea send, no hot des Deng so hoidamäßig gschetteret. No sait mei' Graußvatter, er war nämlich der gscheitschte Ma' vo' ganz Plattahardt, mei' Graußvatter, zu mir:
Du, Jakoble, schteig au amol ra ond gucke, morom des Deng so saudomm schetteret.
I schteig ra ond gucke. Was isch? Jetzt häm-mir schtatt der Fuierwehrschbritz – Dreschmasche' verdwischt.
No', mei' Graußvatter war eine kontemplatierte Natur. Er hot sich net aus der Fasso' brenga lau'. Also ganzes Badellion kehrt ond zruck ond d Fuierwehrschbritz rauszoga ond s Schmied-Jakoba Gäul omgschbannt ond em blanka Karree, Wa'teratärre, geh Bolanda nom.

Jetzt, wia se wieder vor em Dorf gwea send, do ganget nämlich zwee' Weag noch Bolanda nom.
Der oi', der goht onta nom, oms Wäldle rom, der isch dopfeba ond a halba Schtond länger als der ander.
Der ander, der goht oba nom, am Wäldle verbei, do gohts saumäßig den Buckel hinauf ond der ischt a halbe Schtond küarzer als der ander.
No hot mei' Graußvatter, der Burgermoischter, er war nämlich der gscheitschte Ma' vo' ganz Plattahardt, mei' Graußvatter, allgemeines Halt macha lau' ond hot gsait: Burger, hot er gsait, ich bin nämlich zur allgemeine A'sicht gelangt, daß wir ons zwecks Inanschbruchnahme der vorhandenen Sitiazion en zwoi Bardeien zerschlagen müaße: Der oi' Doil, der mit de Kröpf, goht onta nom, oms Wäldle rom da-n-ebna Weag, weils dia den Buckel hinuf nicht versauen könne. Ond der ander Doil, der ohne d Kröpf, goht oba rom, am Wäldle verbei, da näacha Weag, ond macht, daß er den Buckel hinufkommt, was er verkann. Ond diejenigen, welche zairschten ankomme, dia sollen uf de andre waarten. Das sei nämlich ein Voorteil.
No', mei' Graußvatter ischt a-n-alter Ma' gwea, ond hot da Schnaufer khet, der ischt mit de Kröpfete onta nom, da-n-ebena Weag.
Ond wia se hentram Wäldle a'komma send, no

waartet se a Viertelschtond ond waartet a halbe Schtond ond waartet dreiviertel Schtond ond s kommt neamerds.
No hot mei' Graußvatter, der Burgermoischter, er war nämlich der gscheitschte Ma' vo' ganz Plattahardt, mei' Graußvatter, a-n-allgemeine Volkszähleng ver-a'schtaltet, ond no hot se rausgschtellt, daß älle do gwea send. En Plattahardt hot nämlich älles Kröpf ond deszweaga send älle onta nom.
No', no hänt ses also saua lau', ond wia se vor Bolanda a'komma send, no ischt mei' Graußvatter zur allgemeina A'sicht gelangt, daß mer jetzt kö't da Bolezei nei'schicka ond a'schtandshalber froga lau', mos eigentlich brenne.
No', ond der Bolezei kam mit der allgemeina Meldeng zurück, daß der Brand bereits gelöscht sei.
No hänt se d Fuierwehrschbritz en en Schtupfelacker nei'gschtellt ond send noch Bolanda nei' ond hänt sich am Mooschttrenka beteiligt ond hänt Mordsbränd glöscht.

Jetzt am andere Dag hot mei' Graußvatter, er war nämlich Burgermoischter, wieder a-n-allgemeine Sitzeng a'beraumt. Oigahändich ischt er ufs Rothaus gloffa ond hots Glöckle verschüttlet. S hot au dau'.

Ond wia die Burger ällsgemoch komma send, hot er folgende Red uf pures Hochdeutsch, er war nämlich der gscheitschte Ma' von ganz Plattahardt, an se na'glau':
Burger! Die Ehre ... der Schtadt Plattenhardt ... schteht auf dem Schbiel. Ich ben deshalb zur allgemeina A'sicht gelangt, daß mir zwecks Wiederherstellung unserer bereits defekt gewordenen Repitation ...
Weiter ischt er et komma.
Zmol schbrengt schau' der Fuierreiter vo' Bolanda rei' ond schreit ganz donderschlächtig:
Fuirio! Fuirio! Z Plattahardt brennts, ihr Sembel!
No', mei' Graußvatter, er ischt a-n-alter Ma' gwea, den hots glatt vom Schtuhl ragschla. En dem Monument hot er sei' Artesiaschlägle kriagt.
Aber no ischt er wieder ufgschtanna ond hot gsait:
Burger, hot er gsait, desmol müaßen mir die Zairschten uf dem Brandplatz sein.
Also ra vom Rothaus und nom ans Fuierwehrschbritzalokäle war das Werk oines Augenblicks.
Schberrangelweit isch ufgschtanna. Dreschmasche' hänt se au net verdwischt desmol. Aber d Fuierwehrschbritz, dui ischt vo' geschtern noh en sellem Schtupfelacker vor Bolanda gschtanda.
Also nom ond d Fuierwehrschbritz gholt em blanka Karree ond' Wa'teratärre geh Plattahardt zruck.

Jetzt aber, wia se do gwea send, war der Brand bereits gelöscht von der Bolandner Fuierwehr.

Jetzt am andere Dag hot mei' Graußvatter, der Burgermoischter, a-n-allgemeine Planarversitzeng a'beraumt. Oigahändich ischt er ufs Rothaus gloffa ond hots Glöckle zoga, am Soile, s ischt wieder dra'ghangt. Ond wia die Burger ällsgmoch do gwea send, no hot mei' Graußvatter folgende A'red uf purschtes Hochdeutsch, er war nämlich der gscheitschte Ma' vo' ganz Plattahardt, mei' Graußvatter, an se na' glau':
Burger! Die Ehre ... der Schtadt Plattenhardt ... hat sehr geleidet. Ich – ben deshalb zur allgemeine A'sicht gelangt, daß inskünftig zur Verhüateng ähnlicher betrübender Vorfälle jeder männliche erwachsene Bürger von obneds om halb sechse a', wann älls dia Saubränd ausbreche, oine Hornodel en der lenken Weschtentasche zu tragen habe, falls dia Lausbuaba des Schlüsselloch wieder mit Dreck verschtopfe, ond daß d Bolezei-Marie ihr Wäsch zur a-n-andre Zeit aufhenka soll als grad om d Brandzeit ond net an meim Rothausglockasoile, a'schtandshalber, ond daß mer überhaupts en Zukomft das Fuierwehrschbritzalokäle terekt en der Näche vom Brandplatz errichta muß.

## Das Dunell em Azaberg

Geschtern – also a Dag isch gwea, blitzblo, am ganza Hemel koi' Muckaschiß.

Do be-n-e en mein Wengert naus ond hau' Butta tra, da ganza Dag, wie-n-a Dackel.

No hau-n-e denkt: jetzt gohscht hoi' – ond no be-n-e hoi'ganga.

Jetzt wia-n-e do so hoi'gang, komm e au an so ma Wuarschtlada verbei.

No hau-n-e denkt: do gohscht nei' ond nemmscht dr äbbas mit – ond no be-n-e nei'ganga.

Jetzt, wia-n-e do so nei'komm, hänt se dr nex maih khet weder so-n-a Bärle Schwaardamaga.

No hau-n-e denkt: dees nemmscht mit – ond no hau-n-es mitgnomma.

Jetzt, wia-n-e do so weitergang, mei's Weags fürbaß, komm e zmol ans Saura-Kuttla-Gottliabs Wieschbaleswiertschaft verbei.

No hau-n-e denkt: jetzt do hocket gwieß älle deine Schbezel denna, der Saura-Kuttla-Gottliab ond der Rüahles-Done ond der Hallmaier-Euges ond überhaupt de ganz Mooschtgsellschaft. Ond der Kaarle, der Blonde, der Pfläschterer, der Rauhbauz, mei'

Pfreund, der hockt ganz gwieß au dren. Do gohscht nei' – ond no be-n-e nei'ganga.
Ond richteg, wia-n-e do so nei'komm, hocket se älls do, älle meine Schbezel, de ganz Mooschtgsellschaft, ond mittla dren dr Kaarle, der Blonde, der Pfläschterer, der Rauhbauz, mei' Pfreund.
No be-n-i na'gsessa ond hau' mir en Zehner Mooscht bschtellt ond hau' mein Schwaardamaga rauszoga-n-ond hau-n-en gfressa.
Jetzt wia-n-e so dohock ond guats Muats friß ond an nex denk, fangt uf oi'mol der Kaarle, der Blonde, der Pfläschterer a' zpfeifet.
No hau-n-i denkt: wenn der Rauhbauz, mei' Pfreund pfeifa ka' – no pfeifscht au – ond no hau-n-e au pfiffa.
Jetzt uf dees na' ischt uf oi'mol der Kaarle, der Blonde, der Pfläschterer, ufgschtanda ond ischt vor mi na'tretta ond hot gsait:
Duu, wann des oine Beziahgeng sei' soll, no beziahg ich diese Beziahgeng uf mich. Ond wann ich diese Beziahgeng uf mich beziahg, no ben ich der Bezogene.
Du hoscht mich buleidigt.
Ich fordere dich hiemit auf zom Dunell em Azaberg, morga pfrüah om Siebane.

I aber, i be' na'gschtanna ond hau-n-a Poschtur gfaßt ond hau-n-em Kaarle meine pfei'f Pfenger en d Pfotegrafie druckt ond hau' gsait:
Guat Kaarle – s Dunell sitzt!

Jetzt, am andere Dag, wia-n-e de ganz Labbahle vergessa khet hau' ond wieder en mein Wengert naus gang ond will Butta tra, em morgneds, so om Siebena rom:
Do schbrengt zmol der Kaarle, der Blonde, der Pfläschterer, der Rauhbauz, mei' Pfreund henter so ma Bieraboom fürrer, mit zwee' Mordswengertspfähl en der Ha'd, ond schreit:
Wa isch, du Schlamber. Jetzt schlaga mir eis anander.
Mo hoscht denn du deine Konsummanda?
No hau-n-i gsait: Wa, Konsonanda – sell woiß i gar et, was des ischt.
Der Kaarle, der hot aber nex wissa wella ond hot mer oin vo' seine Wengertspfähl en d Ha'd druckt ond hot gsait:
Schwätz et lang, du Balla!
Auf die Donsur! Fertig los!
I aber, i be' na'gschtanna ond hau' gsait:
Guck, Kaarle, en guatam – du hoscht Weib ond Kender. I han au Kender, aber koi' Weib maih. Guck,

schlag i di ztaud, no bischt du he', ond i komm ens Zuchthaus. Und schlagscht du mi ztaud, no ben i he', ond du kommscht ens Zuchthaus. Ond schlaga mer eis anander ztaud, ha narr, wer soll no da-n-andera hoi'tra?

Der Kaarle, der hot der aber et woich gea. Der hot so-n-a Wuat khet ond hot gschriea:

Du hoscht mi buleidigt. Rache muaß sei'. Oiner von ons zwoi muaß uf am Platz bleiba.

No hau-n-i mein Pfohl na'gschtellt ond hau gsait:

Guat, Kaarle, no bleibscht du uf am Platz – ond i gang.